सुधियों के आँचल में

(गीत-संग्रह)

डॉ. स्वदेश मलहोत्रा 'रश्मि'

एम.ए., पीएच. डी. (चित्रकला)

सन्मति पब्लिशर्स एण्ड डिस्ट्रीब्यूटर्स

ISBN: 978-93-88365-52-9

प्रकाशक

सन्मति पब्लिशर्स एण्ड डिस्ट्रीब्यूटर्स

बी–347, संजय विहार,

मेरठ रोड, हापुड़–245101 (उ0प्र0)

website : www.sanmatiindia.com

email: sanmati555@gmail.com

मो. 8439645104, 09997184964

प्रथम संस्करण : 2019

आवरण

RETROTEK

डॉ० राममनोहर लोहिया अवध विश्वविद्यालय, अयोध्या - 224 001 (उ०प्र०) भारत
DR. RAMMANOHAR LOHIA AVADH UNIVERSITY, AYODHYA - 224 001 (U.P.) INDIA

आचार्य सच्चिदानन्द शुक्ल
प्रति कुलपति
Prof. Sachchida Nand Shukla
Pro Vice Chancellor

Phone (Office) : 05278-246223
Fax (Office) : 05278-246330

दिनांकः 15.06.2019

सन्देश

मुझे इस बात की हार्दिक प्रसन्नता है कि आप द्वारा रचित **"सुधियों के आँचल में ...."** नामक गीत--संग्रह का प्रकाशन करने जा रही है। जिसमें गीत, काव्य, सौन्दर्य व अनेकों मनोहारी गीतों का संग्रह है, जो निश्चित ही पाठकों के लिए प्रेरणादयी सिद्ध होगी।

मुझे पूर्ण विश्वास है कि आप द्वारा प्रकाशित होने वाला काव्य संग्रह निश्चित ही पाठकों एवं जनमानस में नयी चेतना का विकास करेगा।

मैं इस पुस्तक के प्रकाशन एवं सफलता की कामना करता हूँ।

(प्रो0 मनोज दीक्षित)

डॉ0 स्वदेश मल्होत्रा रश्मि,
एल0आई0जी0 39, आवास विकास कालोनी,
अंगूरीबाग, फैजाबाद, अयोध्या (उ0प्र0)
सम्पर्क सूत्र – 7355409754

Res. 05278-240651, Mob. +91 9415188149
E-mail : sachida.shukla@gmail.com Website - www.rmlau.ac.in

वर दो माँ

शब्द सम्पदा का वर दो माँ।
गीतों से झोली भर दो माँ।।

भाव पुष्प तव चरण चढ़ाऊँ
शब्द–शब्द चुन हार बनाऊँ,
छंदों की पायल पहनाऊँ–
मुझको स्वर्णकार कर दो माँ।

पहनाऊँ गीतों की चुनरी,
गढ़ डालूँ नवगीत की मुदरी,
तुमको निरख सकल सुख पाऊं
ताप सभी सुखमय कर दो माँ।

नवरस की लहरों पर झूमूँ
सागर से उठ नभ को छू लूँ,
गुंजित भुवन करूं गीतों से–
उड़ने को अब वह पर दो माँ।

शब्द सम्पदा का वर दो माँ।
गीतों से झोली भर दो माँ।।

आत्म कथ्य

कविता मेरी प्रिय सहचरी रही है। माँ वीणापाणी के आशीर्वाद से 14 वर्ष की आयु से ही मैं माँ के चरणों में काव्य–पुष्प अर्पित कर रही हूँ।

दिनांक 03.10.1955 में फैजाबाद नगर क्षेत्र के एक सामान्य स्वर्णकार परिवार में मेरा जन्म हुआ। फैजाबाद में ही मेरी शिक्षा–दीक्षा एवं विवाह हुआ। मेरे पति स्व0 श्री अविनाश चन्द्र जी लोक निर्माण विभाग में वरिष्ठ लिपिक के पद पर आसीन थे। उनके असीम स्नेह के कारण ही मैं विवाहोपरान्त स्नातक, परास्नातक एवं चित्रकला में पी–एच0डी0 की डिग्री प्राप्त कर सकी।

बाल्यावस्था में ही मेरी अभिरुचि को मेरे फूफा स्व0 श्री बाल कृष्ण 'नन्हा' जी ने पहचाना और मुझे गीत, ग़ज़ल, कविता लिखने की प्रेरणा दी। समय–समय पर प्रस्तुति के अवसर मिले। इस तरह मेरी काव्य यात्रा अपनी गति को प्राप्त करती रही। वैवाहिक जीवन के साथ–साथ चित्रकला और कविता लिखना अबाध रूप से चलता रहा।

काव्य लेखन और चित्रकला दोनों ही मेरे जीवन के अभिन्न अंग बन गये। जीवन के प्रत्येक कठिन मोड़ पर परम् पिता परमेश्वर के आशीर्वाद से सुधिजनों का सानिध्य मिलता रहा। स्व0 डॉ0 आनन्द प्रकाश गौड़, मेरे कला गुरू श्रद्धेय स्व0 कृष्ण गोपाल श्रीवास्तव जी का, मेरी इस यात्रा में परम सहयोग रहा।

मैं अपने पूज्य पति स्व0 श्री अविनाश चन्द्र के प्रति आजीवन आभारी रहूँगी जिन्होंने मुझे इस लक्ष्य तक पहुँचने में हर प्रकार का स्नेहिल सहयोग दिया।

इस क्रम में डॉ0 मनमोहन सरकार, डी0लिट्, रीडर हिन्दी विभाग, सरयूबाग संस्कृत महाविद्यालय की, मैं विशेष आभारी हूँ

जिन्होंने मेरे गीत संग्रह की भूमिका लिखकर अपना अमूल्य योगदान दिया है।

गीत–संग्रह 'सुधियों के आँचल में' पुस्तक की कम्प्यूटर टाइपिंग अक्षर संरचना जैसे दुरूह कार्य के लिये मैं मानसरोवर इलेक्ट्रो स्टेट एण्ड कम्प्यूटर्स, फैजाबाद के श्री असद रिजवी, श्री अस्करी रिजवी व सोहराब रिजवी जी का विशेष आभार व्यक्त करती हूँ, जिन्होंने अतुलनीय प्रयास करके इसे प्रकाशन हेतु स्वरूप प्रदान किया है।

गीत संग्रह हेतु उचित मार्गदर्शन के लिये मैं डॉ0 श्रीमती रंजना वर्मा, श्री रामानन्द सागर, डॉ0 अशोक अग्रवाल (हरियाणा) एवं डॉ0 मनमोहन सरकार जी का विशेष आभार व्यक्त करती हूँ, जिनके सुझाव एवं सुधारात्मक मार्ग दर्शन से पुस्तक अपना स्वरूप प्राप्त कर सकी। मैं डॉ0 आचार्य मनोज दीक्षित जी (कुलपति, डॉ0 राम मनोहर लोहिया अवध विश्वविद्यालय, अयोध्या) की विशेष आभारी हूँ। जिनका स्नेहसिक्त आशीर्वाद मेरे गीत–संग्रह 'सुधियों के आँचल में' को प्राप्त हुआ।

अन्त में अपने पुत्रों एवं पुत्र–वधुओं के प्रति आभार व्यक्त करती हूँ जिन्होंने प्रत्यक्ष व परोक्ष रूप से इस महनीय कार्य में पूर्णतः अपना अमूल्य सहयोग प्रदान किया है। माँ वीणावादिनी को प्रणाम करते हुए प्रस्तुत है–

अर्पित मेरे काव्य पुष्प माँ तव चरणों में आज।
कर स्वीकार मातु 'रश्मि' की रखना जग में लाज।।

– डॉ. स्वदेश मलहोत्रा 'रश्मि'

"सुधियों के आँचल में"

मानव–जीवन में 'स्मृतियाँ' प्राण–बिन्दु है। उसी के आधार पर म्पूर्ण भावुकता के साथ चमत्कार शब्द–सौष्ठव का जो निर्देशन केया गया और उसमें सरस–अभिव्यक्ति हुई है उसी की पृष्ठभूमि में बीते पल को तो, क्षण भर चुप रहने दो' की संरचना की गयी है। जीवन–यात्रा में प्रियतम के मिलन का कोई स्थान नहीं मिल पा रहा , इसीलिए सम्पूर्ण काव्य–संग्रह वियोग–रस से आपूरित नवीन म्भावनाओं की ओर उन्मुख है। इसमें नवीन–दृष्टियों के साथ कृति' के ब्याज से कोमल–भावनाओं की पीड़ाओं का दर्शन कराया या है।

"छाले–छलक उठे पाँवों में मिला न फिर भी ठाँव।"

गुरूदेव (डॉ0) राजदेव मिश्र ने अपने एक लेख में इंगित किया ा कि– "जब किसी के मिलन की कालावधि निर्धारित रहती है, तब सका (कालावधि का) अन्तिम दिन अथवा घड़ी बड़ी ही भाव–प्रवण ोती है। एक ओर तो मिलन की उत्सुकता प्रतीक्षारत व्यक्ति को ावविह्वल करती है और दूसरी ओर 'स्नेहः पापमाशङ्कते' के अनुसार सके मन में नानाविध शंकाओं का प्रादुर्भाव होता है। जिस वियोग ी कोई काल–सीमा निर्धारित नहीं होती उसमें (उस वियोग में) ाव–विह्वलता की स्थिति भिन्न होती है। उसकी सभी घड़ियाँ समान ूप से दुःखदायी होती है। उसमें (मिलन की) आशा लता का वलम्ब अवश्य रहता है।" (तुलसीदल, अयोध्या 1988, पृ0सं0 102)

कवि की सहृदयता, कवि–सुलभ–रागात्मकता और अध्यात्म त्त्व की प्रासंगिकता 'सुधियों के आँचल में' में समेटे गए है, इसमें न्देह नहीं है। आत्मानुभूति–व्यंजक गीतों में प्रभावोत्पादक जीवन ष्टि भी प्रदान की गयी है, जीवन–जगत् से जुड़े प्रतिमानों को ंगीतबद्ध किया गया हैं, आन्तरिक–वेदना मुखरित हुई है–

"दर्द को कितना 'दर्द' मिला है,
ये तुम जाकर 'दर्द' से पूछो।

'दर्द' को किसने 'दर्द' दिया है,
ये तुम जाकर 'दर्द' से पूछो।।

****

किसने दिल को जख्म दिया है।
ये तुम जाकर 'दर्द' से पूछो।।

प्रेमी और प्रेमिका जब एक दूसरे के प्रति अनुरक्त रहने पर भ परस्पर नहीं मिल पाते तो वहाँ पर वियोग श्रृंगार की सृष्टि होती है वियोग श्रृंगार की उत्पत्ति के 'पूर्वानुराग' मान और प्रवास तीन मुख कारण हैं, जिन्हें वियोग श्रृंगार के भेद भी कहते हैं।

विशेष बात यह है कि डॉ0 स्वदेश 'रश्मि' की रचना भावुकता एवं कल्पना से अनुप्राणित हैं। इनकी भावुकता के विभिन्न स्वरूप गीतों में परिलक्षित हैं उदाहरणार्थ :–

1. **''कितना मोहक रूप तुम्हारा**
जी चाहे–आलिंगन कर लूँ।

****

प्रेम–डगर है कठिन–कटीली
तुमसे नेह किया तब जाना
क्या जाने फिर कब मिलना हो
दुस्तर है तुम तक फिर आना।
'रूपराशि' की 'रश्मि' स्वामिनी
तेरी छबि नैनों में भर लूँ।

2. **यादों के जंगल में भटक रही काया,**
दिखती ना धूप कहीं, छाया ही छाया।

****

बनकर बंजारन मैं बन–बन डोली,
घातें–प्रतिघातें सह कुछ नहीं बोली,
अखियों में सावन और भादों समायें,
बीत गये युग, तेरा पता नहीं पाया
यादों के जंगल में....।

सच्ची 'प्रीति' युग—युगान्तर से होती है, और निःस्वार्थ 'प्रेम की लतिका' सदैव अपने में हरीतिमा छिपाये रहती है। 'अनजाने रिश्ते' मन को छू लेते हैं। 'अनजानी सूची राहों पर' अचानक मिलन हो जाता है। यह कवियित्री की 'आशावादिता' की परिचायक है। 'अध्यात्म—मूलक' रचनाओं में आपकी दार्शनिक—दृष्टि महत्त्वशालिनी है,

(क) "कौन हूँ मैं इतना, मुझकों बतला दे कोई।
जाना है किस ओर मुझे समझा दे कोई।।
उड़ना चाहूँ नील गगन में, बन पंक्षी मैं भी।
किन्तु बंधे है पांव, स्वतन्त्र करा दे कोई।।

(ख) रूप नहीं देखा फिर भी,
हर पल छवि का आभास मिला।
जीवन के हर दोराहे पर,
मन को तेरा अहसास मिला।।
नैनों में दर्शन अभिलाषा
हर युग में मिलने की आशा।
जीवन के सूने पतझड़ में,
स्मृतियों का मधुमास मिला।।

(ग) "नील गगन के 'दीप' बताओ
स्थिर रहते हो तुम कैसे?"

ऐसा प्रतीत होता है कि कभी कवि की 'भक्त'—छबि को उद्घाटित करती है, तो कभी श्रृंगार—छबि को। रीतिकालीन कवियों का प्रत्यक्ष—अप्रत्यक्ष प्रभाव देखा जा सकता है।

नींद नयन से जब उड़ जाये।
जीवन मुश्किल में पड़ जाये।।
तब अश्रु मेरे साथी बन।
मेरी हर पीर मिटाते हैं।।

अपने गीतों के विषय में स्वयं 'रश्मि' जी ने कहा है—

'गीत प्रीत का हँस—हँस मुझको कहने दो।
बीते क्षण को तो, क्षण भर चुप रहने दो।।

आचार्य रामचन्द्र शुक्ल ने भी कहा है कि–

"आत्मा की मुक्तावस्था ज्ञान–दशा कहलाती है। 'कविता' व्यक्ति के हृदय से प्रादुर्भूत होकर जगत् के वर्ण्य और अवर्ण्य विषयों से जब अपना सम्बन्ध जोड़ने लगती है, तभी तो उसका स्वरूप निखरने लगता है।"

संवेदनधर्मिता और संस्पर्षशक्ति–

'कविता'/गीत अपनी सार्थकता तभी सिद्ध करती है, जब उसमें व्यक्ति को आकृष्ट करने की क्षमता हो। इस तथ्य की ओर रचनाकार ने अपनी नवीन दृष्टि प्रदान की है–

(i) "प्रतीक्षा में साजन, कई जन्म बीते,
है ये माँग सूनी, नयन मेरे रीते,
पाऊँ ना पलभर कहीं चैन 'रश्मि'
जीवन के पतझड़ का मधुमास हो तुम।।"

(ii) भूल गये आदर्श, सभी दम तोड़ रही है मानवता।
आज अवनि–अम्बर में फिर अट्‌ठहास कर रही दानवता।

अध्यात्म–तत्त्व की प्रधानता–

सम्पूर्ण गीति–काव्य में अध्यात्म की अपूर्व छटा बिखेरती हुई नव–गति, नव–छन्द प्रदान किया है। उसने नाना विधता के बीच भी एक 'शक्ति' को स्वीकार किया है। 'शक्ति ब्रह्म' तथा प्रकृति–पुरुष' के माध्यम से 'स्त्री–पुरुष' तथा 'जड़–चेतन के सम्बन्धों को बताया गया है।

जतन करो पिया बिछुड़ न पाये
सोई करो जो पिया–मन भाये
ऐसा साज–सिंगार करो री,
'रश्मि' सजन का मन लूँ जीत
गाओ री कोई मंगल गीत।

'दर्शन' की पृष्ठभूमि में डॉ0 'रश्मि' की रचनाएँ हृदय को स्पन्दित करती हैं और यथार्थ का बोध कराना चाहती हैं। "पाश्चात्य–परम्परा में ज्ञान और पांडित्य के प्रति प्रेम को 'तत्त्वज्ञान'

कहते हैं। पाश्चात्य परम्परा में तत्त्वज्ञान केवल बौद्धिक सन्तोष के लिए अर्थात् ज्ञान के लिए ज्ञान की प्रवृत्ति रही है। तत्त्वज्ञान जीवन लक्ष्य होने के बजाय प्रमुखतः केवल बौद्धिक व्यायाम और ज्ञान के प्रेम तक सीमित रहा है, जब कि भारतीय परम्परा में भी तत्त्वज्ञान केवल बुद्धि का विषय नहीं है, इसे अनुभूति का विषय माना गया है।''

(रामचरितमानस में तत्त्वमीमांसा–एक अध्ययन–डॉ0 प्रेमसुख मंगला, (शोधग्रन्थ) दिल्ली 2015 पृ0सं0–9)

सरल–सरस भावपूर्ण रचना में, तत्त्वबोधता की ओर रचनाकार ने अपनी सारगर्भित प्रकृति प्रिय काम्य भावना को प्रदर्शित किया है–

बादलों के पार क्या है, सृष्टि का आधार क्या है,
कुछ बताओ मौन प्रियतम् यह क्षणिक संसार क्या है?
किस तरह बोलो तुम्हारी, कल्पना में मैं समाऊँ,
कौन सा है वह जतन, जिससे तुम्हारा प्यार पाऊँ।।

***

बँध गया यह जीव कैसे, नेह माया मोहिनी में,
खिंच गया कैसे हृदय यह, मधुर–मंथर रागिनी में,
किस तरह छलती है तृष्णा, 'रश्मि' यह व्यापार है।

'कौतूहल' शीर्षक से यह रचना' मानस–मुक्तामणि' पत्रिका में प्रकाशित हो चुकी है।

प्रकृति–चित्रण–

कवियित्री अपने जिन भावों की अभिव्यक्ति अपने काव्य के माध्यम से करना चाहती है, उसके लिए उसे समर्थ भाषा का वरदान प्राप्त है। भाषा का यह वाहक स्वरूप 'रश्मि' के काव्य की सौन्दर्यता है। इस–स्निग्ध और प्रसादगुण–पूर्ण भाषा–रीति का अनुकरण बहुत कम दिखायी पड़ता है।

(i) **एक तरुणी–सी बढ़ी अकुलाहटें,**
पतझरों से मधु–ऋतु की आहटें।

(ii) **साँझ का आँचल चमकता**
बुझ गया सूरज दमकता

विजय के उर हार पहिने
तारकों की फौज भारी
जा रही रवि की सवारी।।

(iii) रात क्यों चिढ़ाती है,
नींद नहीं आती है।
चंदा की चौखट पर
मुझको ले जाती है।

सामाजिक–पृष्ठभूमि में–

आधुनिक–परिवेश में 'सामाजिक' और 'राजनीतिक–विषयों पर लेखिनी आगे बढ़ायी गयी है। 'पर्यावरण' विषय पर 'पक्षी' के पक्ष को रेखांकित करने का सत्प्रयास किया गया है।

(क) "ऐसे में आओ मिलकर हम हर पक्षी से प्यार करें,
धरा–प्रदूशित करने वालों की मंशा पर वार करें।
तेरी खातिर उन सबसे भी नहीं डरूँगी, फिर आजा।।

(ख) कहीं न नेह स्वार्थ है घट–घट
भयाक्रान्त है देखो पग–पग
निश्चर विचर रहे हैं डग–डग
अनाचार से पीड़ित सब जग
फिर श्रीराम बुलाओं बाबा।
दशा धरा की बिगड़ रही।।
सहमी नीति अनीति मुख है,
त्रस्त धरा की पीर प्रखर है।।

(3) सच ने जब दर्पण दिखलाया, मोह सभी के भंग हो गये
वर्तमान का रूप देखकर, सज्जन सारे दंग हो गये।।

ध्यातव्य है कि 'कुष्ठ–निवारण', 'अटल जी को श्रद्धाजंलि' 'वर्तमान' 'माँ' 'साक्षरता' 'मजदूर' 'ओरी चिरैया' 'जीवन–संवारिये' 'चिन्तन' तेरा गाँव विषयों पर गीतों के माध्यम से एक नवीन धारणा को स्थापित किया गया है। भारतीय संस्कृति की मूल विशेषताओं को समाहित करने का सत्प्रयास इस ग्रन्थ की मौलिक विशेषता मानी जा

ाकती है। भारतीय नव चिन्तन की धारा में डॉ0 स्वदेश 'रश्मि' की चनाधर्मिता नवीन परिकल्पनाओं में बहुआयामी सिद्ध होगी। 'सम्वेदना' ौर 'शिल्प' की अवधारणाएँ मुखरित हो उठी हैं। 'नवगीत' विधा के ार्मिक चित्र उकेरने के प्रयास दिखायी पड़ते हैं। पारिवारिक–सम्बन्धों, रती और 'प्रकृति' के साथ मानवीय–संपृक्तितों की ओर भी 'गीतों' की चनाएँ समाज के लिए धरोहर सिद्ध होगी।

यह स्मरण रखना होगा कि डॉ0 स्वदेश 'रश्मि' जी की पूर्व ृतियों का प्रभाव भी प्रस्तुत गीति–काव्य–संग्रह पर परिलक्षित हो रहा । इनका सुसंस्कारित जीवन, सामाजिक अवधारणाओं में संवेदनाओं ी पीड़ाएँ, और राष्ट्रीय चिन्तन धारा में मानवीय भूमिकाओं का िदर्शन ही प्रतिपाद्य विषय है। आप सफल रचनाकार के साथ ही ुशल चित्रकार भी हैं, इसलिए पाठकों के सम्मुख चित्रवत सारी नोदशाओं का चित्रांकन हो जाता है। इसमें सन्देह नहीं है। आगामी ाव्य–कृतियों में चित्रों को समाहित किया जाय तो वह साहित्य गत के लिए महनीय सिद्ध होगा। अपने युग की समस्याओं, कवित्व ी नवीन प्रणालियों, भाषाभिव्यक्ति की नयी भंगिमाओं के साथ इसकी ार्थकता सिद्ध होगी।

आत्म विश्वास है कि 'सुधियों के आँचल में' लिपटी इनकी ीवन–वृत्ति नई–श्वांस नई–'रश्मि' की प्रदाता सिद्ध होगी। ाहित्य–मनीषियों और विद्वानों के बीच इस गीति–काव्य–संग्रह का मुचित सम्मान होगा।

िर्जला–एकादशी
ज्येष्ठमास शुक्लपक्ष)
3 जून 2019

डॉ0 मनमोहन सरकार
(प्राचार्य)
(राष्ट्रपति पुरस्कृत)
श्री वैदिकादर्श स्नातकोत्तर संस्कृत महाविद्यालय
सरयूबाग, अयोध्या।

अनुक्रमणिका

गीतों की मणिमाल सजन

तव चरणों में

अर्पित है।

मधु ऋतु

रंग अब हर शाख़ से झरने लगे हैं।
प्यार जब से हम तुम्हें करने लगे हैं।।
        हर तरफ मद–सी मुझे उड़ती दिखे है।
        कल्पना अब सत्य से जुड़ती दिखे है।।
        जख़्म जो जग से मिले भरने लगे है।
        प्यार जब से हम तुम्हें करने लगे है।।
थिरकनें हैं प्यार की अब हर लहर में।
इश्कियाँ अल्फाज़ है अब हर बहर में।।
हर कदम हम झूम कर धरने लगे हैं।
प्यार जब से हम तुम्हें करने लगे हैं।।
        तितलियों के पंख मुझको मिल गये हैं।
        बन्द कलियों के हृदय भी खिल गये हैं।।
        मन के सब अवसाद अब मरने लगे है।
        प्यार जब से हम तुम्हुें करने लगे हैं।।
एक तरूणी–सी बढ़ी अकुलाहटें।
पतझरों में मधुऋतु की आहटें।।
शोक आँगन से मेरे डरने लगे हैं।
प्यार जब से हम तुम्हें करने लगे है।।

पंक्षी से प्यार करें

ओ चिड़िया तेरा दाना मैं द्वार धरूँगी, फिर आजा
तेरा पानी बर्तन में हर बार भरूँगी, फिर आजा
बिना तुम्हारे कौन बता अब भोर में हमें जगायेगा
बीज डालकर धरती में बोलो तरू कौन लगायेगा
पल–पल तेरा निज–घर में सत्कार करूंगी, फिर आजा
तेरा पानी.................................

माना तेरे रहने को अब ठौर नहीं बच पाये हैं,
जंगल सारे साफ हो गये कंकरीट उग आये हैं
वृक्ष लगाकर मैं तेरा हर कष्ट हरूँगी, फिर आजा
ओ चिड़िया.................................

उलझ गया नेटवर्क में जीवन कैसे तुम बच पाओगी
डिजिटल दुनियाँ में सब डूबे किसको गीत सुनाओगी
तुम्हें बचा करके शायद मैं स्वयं तरूँगी, फिर आजा
तेरा पानी..................................

ऐसे में आओ मिलकर हम हर पक्षी से प्यार करें
धरा प्रदूषित करने वालों की मंशा पर वार करें।
तेरी खातिर उन सबसे भी नहीं डरूँगी, फिर आजा।।
ओ चिड़िया तेरा दाना मैं द्वार धरूँगी, फिर आजा
तेरा पानी बर्तन में हर बार भरूँगी, फिर आजा

तृप्ति मिले

गीत प्रीत का हँस–हँस मुझको कहने दो।
बीते क्षण को तो, क्षणभर चुप रहने दो।।
जन्मों से प्यासी तृष्णा को
स्वाति–बूँद से क्या होगा
मन–सरिता को अतल–सिन्धु तक बहने दो।
बीते क्षण को तो, क्षणभर चुप रहने दो।।
शून्य मरूस्थल–सा यह जीवन
तप्त, विरह के.......... आतप से,
तट बन्धों को व्यथा–थपेड़े सहने दो।
बीते क्षण को तो, क्षणभर चुप रहने दो।।
सबल भुजाओं का बोझिल बल
प्रति–पल विव्हल............ करता है,
भावों को मादकता में ही बहने दो।
बीते पल को तो, क्षणभर चुप रहने दो।।
जहाँ तृषा से तृप्ति मिले,
उस पल को कस लो मुट्टी में
ढहते है पाषाण–खण्ड तो ढहने दो।
बीते क्षण को तो, क्षणभर चुप रहने दो।।

स्नेहिल छाँव

बनजारे–बन गीत हमारे, ढूँढ़ें है तेरा गाँव।
छाले छलक उठे पाँवों में, मिला ना फिर भी ठाँव।।
नित–नूतन झंझावातों में
रीझ गये हैं सौगातों में,
मुक्त न हो पाते बन्धन से
रक्तिम है जग की धातों से,
झलक उठे श्रम–बिन्दु भाल पर, रुक–रुक जाते पाँव।
छाले–छलक उठे पाँवों में, मिला न फिर भी ठाँव।।
मदिर प्रेम की हाला पीकर
हर अक्षर............ झूमे मतवाला,
रूप मनोहर तनिक दिखा दो
शान्त करो उर–अन्तर ज्वाला,
बरस रही है धूप अनल–सी, कर दो स्नेहिल छाँव।
छाले–छलक उठे पाँवों में, मिला न फिर भी ठाँव।।
चल–चल हारे सांझ, सकारे
नहीं मील का पत्थर कोई
आ जाओ प्रिय इन्तजार यह
चलता जैसे........ नश्तर कोई,
हारा–थका जुआरी–सा मन, विधुना खेले दाँव।
छाले–छलक उठे पाँवों में, मिला न फिर भी ठाँव।।

पीर मेरे मन की सारी

पीर मेरे मन की सारी
हौले–हौले........ बह गयी।
साथ मिला है जबसे तेरा
सारी घातें........ सह गयी।।

तुमने प्रीत–रीत सिखला के
जीवन की तस्वीर दिखा के।
पर्दा हटा दिया आँखों से
मोह की नदिया बह गयी।।

कण–कण में आभास है तेरा
नयनों में आवास........ है तेरा।
तज लज्जा अपनाया तुमको
वर्जनाए........ खुद ढह गयीं।।

वरण किया अनदेखे प्रियतम
जनम–जनम बिछुड़ेगे ना हम।
तुम भी अपने मन की कह दो
मैं अपनी सब..... कह गयी।।

पथ पथरीला है तो क्या

पथ–पथरीला है तो क्या
काट, बना रस्ता अपना।
मेहनतकश का पूरा होता
जीवन में हर एक सपना।।
सूरज बन चमके वह जग में
जो पाषाण हिला–सकता।
बिना गिराये स्वेद धरा पर।
फूल न कोई........ खिला सकता।
लक्ष्य प्राप्ति का स्वाद........ मिलेगा।
सीखो तुम........ पहले तपना।।
गिर–गिर कर मकड़ी दीवार पर
कितने जाल........ बिछाती है,
तिनका–तिनका चुन के चिड़िया
सुन्दर नीड........ बनाती है।
बिना धैर्य औ' श्रम के बन्धु........
पूरी होती........ ना रचना।।
पत्थर को पिघलाने का दम
यदि है तेरी........ बाहों में,
आशाओं के फूल खिलेंगे
तब जाकर इन........ राहों में।
अभिलाषा के पंख लगाकर
बीहड़ से कैसा........ बचना।।

माँ

जैसी भी हूँ तेरी ही परछाईं............... माँ
अंश हूँ तेरा और तेरी ही जाई .... माँ

इस धरती पर मुझको, तुमने जन्म दिया
अंग–संग रहकर मुझ पर उपकार किया।
नमन तुझे तू मुझको जग में लाई........... माँ।
जैसी भी हूँ तेरी ही परछाई............ माँ।।

देखा न ईश्वर को तुम ही भगवान मेरी
कष्ट सहे खुद और बढ़ाई शान मेरी,
तेरी छाँव में पलकर मैं सुख पाई........ माँ।
जैसी भी हूँ तेरी ही परछाई............ माँ।।

तुम्ही विधाता का स्वरूप हो धरती पर।
शब्द–शब्द गढ़ना सिखलाया तख्ती पर
तेरे दम से जग में कुछ कर पाई.......माँ।
जैसी भी हूँ तेरी ही परछाई............ माँ।।

काश! कहीं से तुम आ जाती फिर से माँ।
लोरी दे गोदी में सुलाती फिर से माँ
तप्त हवाओं से मैं हूँ घबराई............ माँ।
जैसी भी हूँ तेरी ही परछाई............ माँ।।

पुष्प

पुष्पों से सीखा है मैंने, प्रेम से अच्छी रीत नहीं।
इनके मन को परखा, देखा भेदभाव की भीत नहीं।।

गीता के अनुरूप सदा ये, समदृष्टि बन रहते हैं,
आतप–शीत सभी कष्टों को हँसते–हँसते सहते हैं,
इनके बिना तो शोभित होती, जीवन की कोई जीत नहीं।
पुष्पों से सीखा है मैंने, प्रेम से अच्छी रीत नहीं।।

मण्डप हों या मन्दिर हों, सब इनसे शोभा पाते हैं,
डोली हो या अर्थी हो, ये हर्षित हो चढ़ जाते हैं,
हर्ष न शोक सताता इनको, इनके बिना संगीत नहीं।
पुष्पों से सीखा है मैंने, प्रेम से अच्छी रीत नहीं।।

बाल–वृद्ध, सब प्रेमी, इनके संग प्रेम स्वीकार करें,
मधु–मुस्कान, सुकोमल काया सहज सभी संताप हरे,
सम–सुगन्ध बिखराते जग में, इनसा कोई मीत नहीं।
पुष्पों से सीखा है मैंने, प्रेम से अच्छी रीत नहीं।।

प्रियतम

तुम बिन बीते न अब रैना,
नींद निगोड़ी....... आये ना।
लाख गगन में चाँद सितारे,
तुम बिन कोई........ भाये ना।

सूने महल अटारी सूनी
सूना बाग–बगीचा है,
प्रेमाकुल जीवन–तरू साजन
नयन–नीर से............ सींचा है।
कितने सावन बीत गये, पर
निर्मोही तुम............... आये ना।।

सुधर–सिंगार सजाकर बैठी
कब से तकती....... राह तेरी
पहुँच न पायी तुम तक प्रियतम
जनम–जनम से............. आह मेरी।
मन का पंछी बेकल–बेसुध–
मधुर सुरों में............... गाये ना।।

छम–छम करती साँझ सजीली,
आ पहुँची है......... द्वार मेरे,
पल–पल छूट रहे हाथों से
सांसों के यह........... तार मेरे।
एक झलक दिखला दो प्रियतम–
मन की मन रह जाये ना।।

तुम्हें खोजती हैं

तुम्हें खोजती हैं, निगाहें हमारी,
हृदय में बसी हैं वो सूरत तुम्हारी।

पनघट किनारे कदम की वो छैंया,
मुरली तुम्हारी मेरी ता–ता थैंया।
बहुत याद आती है घड़ियाँ वो प्यारी,
तुम्हें खोजती हैं.......... निगाहें हमारी।।

घिरी साँझ बिखरे गगन में सितारे,
छिपे हो कहाँ तुम मेरे चाँद प्यारे,
अंधेरों में गुमसुम...... राधा तुम्हारी।
तुम्हें खोजती है.......निगाहें हमारी।।

कई जन्म बीते हैं, अब लौट आओ,
अपनी दिवानी को यूँ ना...... सताओ,
मुखड़ा दिखाओ.......... जाऊँ मैं वारी।
तुम्हें खोजती है........ निगाहें हमारी।।

कोलाहल

बाहर भीतर, कोलाहल है,
पल–भर शान्त न होता मन।
जीवन की आपाधापी में,
विकल–विमोहित है जन–जन।
        इच्छाओं के मकड़जाल में,
        पल–पल का सुख–चैन खो गया।
        भौतिकता की इस आँधी में
        रिश्तों का अपनत्व सो गया।
        पुत्र बसा परदेस............ वृद्ध,
        माँ–बाप के दोनों सजल नयन।।
नव पीढ़ी भटकी है पथ से
केवल धन की अभिलाषा है,
हुए आधुनिक अब नर–नारी
गयी बदल वो परिभाषा है।
लज्जा–शील–पुरानी बातें,
अंग–प्रदर्शन ही फैशन है।।
        अभी समय है, लौट चले हम
        अपने संस्कारों.......... की ओर,
        चलो सहेजे......... अपनी थाती
        करें शान्त मन, पायें ठौर।
        नष्ट कर रहा, प्रेम–सिन्धु को,
        भागम–भाग......... भरा जीवन।।

समझा दे कोई

मैं हूँ कौन, मुझे इतना तो, बतला दे कोई,
जाना है, किस ओर मुझे यह, समझा दे कोई।

उड़ना चाहूँ नील गगन में, बन पंछी मैं भी,
किन्तु बंधे हैं पांव मेरे, खुलवा दे कोई।

छल–प्रपंच इस झूठे जग के, समझ नहीं पायी,
युग अनुरूप आचरण करना, सिखला दे कोई।

बहना हूँ, बेटी हूँ, पत्नी हूँ, मैं माता भी,
मुझमें, मैं हूँ कौन, मर्म यह, समझा दे कोई।

यही कामना अंत कभी तो, हो बाधाओं का,
अंधियारे में 'रश्मि' ज्ञान की, दिखला दे कोई।

प्रीति अकुलाये

प्रीति अकुलाये उदधि–उर ले हिलोरे,
क्या करे कोई, हृदय जब बाँध तोड़े।।

बेड़ियाँ कसती रहें असहाय हों पग,
नित नये पाषाण से अवरूद्ध हों मग,
कौन इतनी दूर आकर पंथ छोड़े।
प्रीति अकुलाये उदधि–उर ले हिलोरे।।

चाँदनी हो तप रही तारे विकल हों।
जब तिमिर के भी सभी धारे प्रबल हो,
कौन ऐसे में प्रभा से प्रीति जोड़े।
प्रीति अकुलाये उदधि–उर ले हिलोरे।।

नयन अपलक पंथ आज निहारते हैं
छवि दिखाओ निर्निमेष पुकारते हैं,
कौन फिर विश्वास की बाहें मरोड़े।
प्रीति अकुलाये उदधि–उर ले हिलोरे।।

बहुत पास हो तुम

नयन भर निहारा न तुमको कभी भी,
मगर लग रहा है मेरी आस हो तुम।
कहीं भी रहूँ किन्तु आभास होता,
अकेली नहीं हूँ बहुत पास हो तुम।।

बहारों का यौवन कहीं रुक सका है,
हथेली से चन्दा कहीं छुप सका है।
समय कुछ ठहर जाये तो मैं बता दूँ।
मेरी धारणा, मेरे विश्वास हो तुम।।

धरा व्योम के अंक में, तृप्ति पाये,
सवेरा सदा जिन्दगी को जगाये।
अंधेरा उजाले की पहचान है प्रिय,
अगर मैं धरा, मेरे आकाश हो तुम।।

सदा भाव को शब्द आकार देते,
परम तृप्ति को प्यास ही द्वार देते।
नयन ज्योति की दीप्ति आभा तुम्हीं–
अगर मैं हँसी, मेरे उल्लास हो तुम।।

प्रतीक्षा में साजन कई जन्म बीते
है ये मांग सूनी, नयन मेरे रीते।
पाऊँ न पलभर कहीं चैन 'रश्मि'
जीवन के पतझड़ का मधुमास हो तुम।।

साँझ का आँचल

जा रही रवि की सवारी।
सूर्य की किरणें शिथिल हैं
चन्द्र आने को विकल है,
बादलों से अनुचरों की
हो गयी पोशाक कारी।
जा रही रवि की सवारी।।

साँझ का आँचल चमकता
बुझ गया सूरज दमकता
विजय के उर हार पहिने
तारकों की फौज भारी।
जा रही रवि की सवारी।।

ओह! क्या अद्भुत घड़ी है
चन्द्रिका सज–धज खड़ी है
खो चुका है 'रश्मि' सूरज
ज्योति की निधि पुनः सारी।
जा रही रवि की सवारी।।

हमें क्या पता था?

सड़कों किनारे शहर बस जायेंगे,
हमें क्या पता था।
मिट्टी के महल हमारे ढह जायेंगे,
हमें क्या पता था।
हमें क्या पता था कि आँधी चलेगी
फूस और टटिया हमीं पर हसेंगी,
बालू के ढेर अब हमें मुँह चिढ़ायेंगे।
हमें क्या पता था।
हमें क्या पता था भाईचारा मिटेगा,
हर घर के भीतर बारूद भी पलेगा,
मानव मनुष्यों से पशु बन जायेंगे।
हमें क्या पता था।
हमें क्या पता था बँट के भी बँटना है
पुत्र–कर से ही अंग माता का कटना है,
धर्म औ', समाज फिर से बिखर जायेंगे।
हमें क्या पता था।
हमें क्या पता था मुखौटे सजेंगे
दोहरी राजनीति में जन–जन पिसेंगे,
कुर्सी के लोभी देश–धर्म भूल जायेंगे।
हमें क्या पता था।

क्यों अतीत की याद दिलाते

नैनों से झरती सरिताएं।
तप्त हृदय की प्यास बुझाएं।।
आभासों के साये हरदम।
मुझे बावली रोज बनाएं।।

तुम ना आओगेण्ण्ण्ण्ण यह जानूं।
फिर भी मन की बात न मानूं।।
कभी अटारी....... कभी देहरी।
पवन रूप बन मुझे थकाएं।।

जब से तुम परदेस गये हो।
गूलर के तुम फूल भये हो।।
बनी बावरी........ खोजूँ तुमको।
काश कहीं पर तू मिल जाए।।

मुस्कान

तुमसे ही घर की रौनक है,
तुमसे ही खुशियाँ सारी।
हुआ आगमन अभिनन्दन है,
जाऊँ मैं तुम पर....वारी।

तुम बिन सूना था हर कोना,
धूमिल थे सिंगार सभी।
जाने कहाँ खो गयी थी प्रिय
अधरों से, मुस्कान हमारी।

घर की आभा लौटी फिर,
रोम–रोम......... हर्षाया है।
अंग–अंग मुस्काया रश्मि,
नैनों ने..... आरती उतारी।

उड़े जा रहे कारे बदल

उड़े जा रहे कारे बादल......... मेरे प्रिये के देस सखी।
चले गए जो बिन बतलाये, धर जोगी का भेस सखी।।

चिर निद्रा में जा खोये वो,
भूल गए अपना आँगन,
सूनी हुई अटारी मेरी,
सूनी देहरी बिन साजन।

तड़पे ज्यों जल बिन मछली, चैन नहीं लवलेस सखी।।

बाग तड़ाग हुए सब कुसुमित
पर ना, मोहे मन व्याकुल
मगन मुदित सखियाँ सब प्रिये संग
खड़ी अकिंचन मैं आकुल।

सजल नयन, उच्छवास अधर, बिखरे–बिखरे केस सखी।।

ज्ञात नहीं कब तक विरहाग्नि,
नख–शिख मुझे जलायेगी,
कब उस परम विराट पिया,
संग प्रीत मेरी हर्षाएगी।

भेज–भेज पाती, मैं हारी, सुनते ना अवधेस सखी।।

मधु स्मृतियाँ

तुम क्या जानो पीर बिरह की,
तुम बिन कितना..... हम रोये।
जग के हर मेले में........ रहते,
प्रियतम हम......... खोये खोये।

नयन समायी मधु स्मृतियाँ,
मुझे जगाये सारी रतियाँ।
जब से विलग हुए तुम साजन,
तनिक न सुख से हम सोये।

चहुँ दिसि चारू चन्द्रिका चहके,
उर–अन्तर जनु आवाँ दहके।
हर तारा लगता........ अंगारा,
हरे न मन का......... तम कोये।

चातक से दो........ नैन निहारे,
स्वास–स्वास बस तुम्हें पुकारें।
युगों–युगों से प्यासी हूँ मैं,
अंक समाहित....... कर मोये।

श्रमिक

दिन भर फाँकी धूल,
खिलाये फूल
थका हारा यह मन
चलो अब चिलम जलायें,
थकावट दूर भगाये।
चलती रही समय की चक्की,
चढ़ते रहे भगौने श्रम के
कितना उबली, पक–पक–पक्की
फिर भी हँसना औ, मुस्काना
चाहे कितनी हों विपदायें
करना है नर्तन
चलो श्रृंगार सजाये,
थकावट दूर भगाये।
बिखरे कितने रंग धरा पर,
लोट–लोट खेलूँगी जी भर
तुम भी देना साथ बराबर
चलो गमों की धूल उड़ायें
रंगों की मधुबनी बनायें,
झुर्री–झुर्री तन
पुनः नव जीवन पाये
थकावट दूर भगायें।
चलो अब चिलम जलायें।।

विश्वास

गतिरोध बिछे हैं पग–पग पर,
मर–खपकर उनको.......झेलेंगे।
मंजिल भी मिल ही जायेगी,
हम चुनौतियों से........... खेलेंगे।
कुटिया है अपनी ताजमहल
खुश रहकर प्रीति निभा लेंगे।
फौलादी सीने पर निश्चित
हम सारे बोझ उठा लेंगे।
सिर झुके न विपदा के आगे
चिन्ता को दूर..........धकेलेंगे।
सीखा न कभी झुकना हमने,
है स्वाभिमान अपना गहना।
मजदूर सही....... इंसान भी हैं,
आता है भावों में......... बहना।
मेहनतकश हैं अधिकार स्वयं
हम अपने बल पर....... ले लेंगे।
गतिरोध बिछे हैं पग–पग पर,
मर–खपकर उनको....... झेलेंगे।
मंजिल भी मिल ही जायेगी,
हम चुनौतियों से........... खेलेंगे।

रात क्यों चिढ़ाती है

रात क्यों चिढ़ाती है,
नींद नहीं आती है।
चंदा की चौखट पे,
मुझको ले जाती है।

टिम–टिम सितारों की,
आग सी लगाती है।
नभ का बितान ओढ़,
धरती सो जाती है।

आशाओं के जुगनू,
झौर–झौर लाती है।
मरुथल में पानी की,
प्यास क्यों जगाती है।

पाकर एकाकी क्यों,
माज़ी दिखाती है।
सुधियों के सर्प क्यों,
रह–रह डसाती है।

रात क्यों चिढ़ाती है,
नींद नहीं आती है।
चंदा की चौखट पे
मुझको ले जाती है।

घर को सजायें

नया वक्त है– कुछ नया कर दिखायें।

चलो आज– मरने का उत्सव मनायें।
जानेगे कैसे मरने के बाद
देखेंगे कैसे मरने के बाद

चलो अपने– हाथों से सबको खिलायें।।
लाचार भूखे बुलायेंगे हम
न्यौतेंगे हम ही, जिमायेंगे हम

उन्हें तृप्त– करके मन को हर्षायें।।
ना जाने कब आ जाये पैग़ाम
होगी ना जाने कहाँ अपनी शाम

जीते जी– सबको गले से लगायें।।
अपने ही घर को है फिर लौटना
उसके लिये 'रश्मि' क्या सोचना

चलो आज– मरने का उत्सव मनायें।।
स्वागत में उसके घर को सजायें।।

दर्द

दर्द को कितना दर्द मिला है,
ये तुम जाकर दर्द से पूछो।
दर्द को किसने दर्द दिया है,
ये तुम जाकर दर्द से पूछो।।

पूछो जाकर किसकी खातिर,
आहें भरते रहते हो.............।
यह भी पूछो किसकी खातिर,
उल्फ़त का ग़म.... सहते हो।
किसने दिल को जख़्म दिया है,
ये तुम जाकर दर्द से पूछो।।

कैसे कटती है तनहाई,
स्याह अमावस रातों की।
पूछो कैसे सह पाते हो,
पीड़ा जग की धातों की।
क़तरा–क़तरा होने का ग़म,
ये तुम जाकर दर्द से पूछो।।

अश्रु

चुपचाप निकल कर आँखों से,
मेरे कपोल को सहलाते हैं।
जब–जब डँसती है तन्हाई,
ये टूटा दिल बहलाते हैं।।

जब याद तुम्हारी आती है,
बन–बैरन बिरह जलाती है।
आँखों में सावन–भादों मिल,
खारा सागर बन जाते हैं।।

नींद नयन से जब उड़ जाये,
जीवन मुश्किल में पड़ जाये।
तब अश्रु मेरे साथी बन,
मेरी हर पीर मिटाते हैं।।

मन की पीर

जग का दर्द कहाँ तक बाटूँ।
मन की पीर बहुत भारी है।।

एक नहीं अनगिनत व्यथाएँ,
सबकी अपनी परिभाषायें।
हर पदप से हर डाली से,
जैसे लिपटी हो लतिकायें।

सबकी आह कहाँ तक बांचूँ।
हृदय समीर बहुत भारी है।।

कदम–कदम पर बिखरे धोखे,
तृष्णाओं के...... खुले झरोखे।
कस्तूरी मृग को मरीचिका–
में नर्तन से कैसे........ रोके।

चंचल थिरकन कैसे साधू।
पग जंजीर बहुत भारी है।।

सकल सृष्टि में जल ही जल है,
गिरि पर हिम, नभ में बादल है।
सरिता, सिन्धु, सरोवर शबनम
से गीला.......... भू का आँचल है।

इनके अश्रु कहाँ तक पोछूँ।
दृग का नीर बहुत भारी है।।

मधुमास

कँपकँपाती शीत ने माँगी विदाई।
सरसराती पवन देती है बधाई।।
तोड़कर बन्धन दिशायें,
झूमकर गाने.......... लगीं।
मोहिनी बनकर हवायें,
नेह उमगाने......... लगीं।।
रंग में डूबी तरंगे कसमसाई।
सरसराती पवन देती है बधाई।।
रिक्त बाहों को पसारे,
विकल तरू श्रृंगार को।
खोजती हैं पुनः कलियाँ,
नेह के......... आगार को।
कर रहा मधुमास–सृष्टि से सगाई।
सरसराती पवन देती है बधाई।।
सज रही चहुँ ओर धरती,
पीत चूनर.......... ओढ़कर।
अब कहाँ जाऊँ बता दे,
दृश्य यह मैं..... छोड़कर?
आ मिलो तुम प्रीति देती है दुहाई।
सरसराती पवन देती है बधाई।।

जाने क्यों

जाने क्यों अनजाने रिश्ते।
मन को इतना छू जाते हैं।।
क्षण–क्षण नेह उमड़ता मन से।
और नयन जल बरसाते हैं।।

कहीं खोजता है मन खुद को
और कहीं पा जाता है,
दृश्य नहीं होते ये साथी
फिर भी तन को छू जाते हैं।

खोजा करती उन्हें निगाहें,
अनजानी सूनी राहों पर।
आकर कहीं अचानक ही जो
'रश्मि' मोड़कर मिल जाते हैं।

तुलसी बाबा

फिर आ जाओ तुलसी बाबा,
दशा धरा की बिगड़ रही।
फिर से राह दिखाओ बाबा,
दिशा धरा की बिगड़ रही।

कहीं न नेह, स्वार्थ है घट–घट,
भयाक्रान्त है देखो....... पग–पग।
निश्चिर विचर रहें हैं डग–डग,
अनाचार से पीड़ित...... सब जग,
फिर श्री राम बुलाओ बाबा।
दशा धरा की बिगड़ रही।।

सहमी नीति अनीति मुखर है,
त्रस्त धरा की पीर प्रखर है।
नाते सब व्याभिचार ने लूटे,
आदर्शों के.......... दर्पण टूटे।
फिर कोई भरत बनाओ बाबा,
दशा धरा की बिगड़ रही।।

देश–धर्म की........ भाषा बिसरी,
आज कुटिलता सँवरी, निखरी।
माया के आवरण.......... सजीले,
भ्रष्ट–युवा....... असहज रंगीले।
फिर आदर्श सिखाओ बाबा,
दशा धरा की बिगड़ रही।।

भूल गये क्यों

बालापन की प्रीत हमारी
भूल गये क्यों तुम असुरारी।
तक–तक राह नैन पथराये
आ जाओ अब कृष्ण मुरारी।।

कब समाप्त होगी मीरा की
बिरहा समझाओ मोहन,
राह ना सूझे कित जाऊँ मै
डाला........ कैसा सम्मोहन।
रार करो ना आ जाओ अब,
तुम जीते प्रिय,मै ही हारी।।

बरसाओ फिर मेह, नेह के
सरसाओ उपवन फिर आज
सूख न जाये अंतर कलिका
बनके आ जाओ ऋतुराज।
प्रेम सुधा बरसाओ 'रश्मि',
तुम पर जाऊँ मै बलिहारी।।

कब होगा परिवर्तित कल्प

संघर्षो के चक्रव्यूह में
घिरा मनुष्य
खोज रहा है सुख का
कोई एक विकल्प।
        भय के मेघ गर्जना करते
        निरपराध अकारण मरते
        दीख रहा है,
        चीख रहा है
        महाकाल का,
        एक महा निर्मम संकल्प।
प्रतिदिन मरने से अच्छा–तो
हो जाये भीषण संग्राम
जागो फिर से महा शक्ति तुम
कलि का कर दो काम तमाम।
सिसक रही हैं
धधक रही हैं
'रश्मि' दिशायें
कब होगा परिवर्तित कल्प।

निर्गुण

गाओ री कोई मंगल गीत
आये सजनवां लेकर प्रीत.............
दुलहिन बन ऋतु आई अँगना
खनक–खनक बोले कछु कँगना
कजरा हँसे बिन्दिया मुस्काई
आज मिला मोहे बिछड़ा मीत.......
गाओ री...
धरती का आँचल लहराया
प्रेमामृत नभ से बरसाया
अनहद नाद सुना सखि मैंने
चँहुदिसि गूंजा सुख–संगीत
गाओ री...
जतन करो पिया बिछुड़ न पाये
सोई करो जो पिया–मन भाये
ऐसा साज–सिंगार करो री
'रश्मि' सजन का मन लूँ जीत
गाओ री...

गीत

पढ़–लिख के ही इन्सान, इन्सान बन सकेगा,
अनपढ़ रहा तो हर घड़ी औरो का मुँह तकेगा.....
फिर उम्र भर इसका तुझे, मलाल ही रहेगा.....
अनपढ़ रहा तो हर घड़ी औरो का मुँह तकेगा......

बेटा पढ़े, बेटी पढ़े, पढ़ जायें माई–बाप
पढ़ना–पढ़ाना पुण्य है नहीं ये कोई पाप
तालीम हो बसी जहाँ वह घर सुखी रहेगा
अनपढ़ रहा तो हर घड़ी औरो का मुँह तकेगा...

साक्षर बनो औरों को भी साक्षर बनाओ तुम
सोये जो गफलतों में उनको जगाओ तुम
है राह ये उन्नति की सबको सबक मिलेगा....
अनपढ़ रहा तो हर घड़ी औरों का मुँह तकेगा....

बिखरे धरा पे ज्ञान और तारीकियाँ मिटे
अनेकता में एकता के फूल खिल उठे,
जन–जन में 'रश्मि' ज्ञान का दीपक तभी जलेगा..
अनपढ़ रहा तो हर घड़ी औरों का मुँह तकेगा....

प्यास

नयन कटोरे प्यासे हैं प्रिय,
बस दरसन की भिक्षा देदो।
तन–मन–धन अर्पण कर दूँ मैं
मन में प्रिय यह इच्छा दे दो।।

नयन नीर उच्छवास अधर पर
हृदय–अगन, बिरहा झुलसाये,
तुम बिन सकल भुवन है सूना
उपवन–कुसुम झरे, मुरझाये।
दरश तनिक दिखलाओ–आकर
कल बिरहन को पल भर दे दो।।

तुम संग पवन–हिंडोला झूलूँ
इन्द्र धनुष आँचल हो जाये,
खोल किवाड़, झलक दिखला दो
युग–युग की तृष्णा बुझ जाये
करे याचना 'रश्मि' विरह के
हर बन्धन से मुक्ति दे दो।।

प्रेम की सांकल

दृश्य मनोरम तुम्हें बुलाते,
काश! कहीं से तुम आ जाते।

छल–छल करती–
इठलाती–बलखाती नदियाँ,
हलचल भर दी–
मन प्रान्तर को मुग्ध कर दिया,
घाटी, पर्वत तुम्हें बुलाते,
काश! कहीं से तुम आ जाते।।

धुआं–धुंआ हो–
लिपट रहे पर्वत से बादल,
बन्द हृदय में.......................
खुलने लगी प्रेम की सांकल,
बिरहन के मन को सरसाते।
काश! कहीं से तुम आ जाते।।

सौन्दर्य तुम्हारा ही
इत–उत बिखरा है प्रियतम,
मिल जाते, जो तुम................
तो खुल जाते, सब बन्धन,
बेकल हृदय 'रश्मि' मिल जाते।
काश! कहीं से तुम आ जाते।।

पोर-पोर रस भीग रहा है

कितना मोहक रूप तुम्हारा
जी चाहे–आलिंगन कर लूँ।

सखी सलोनी आँचल तेरा
रंग–बिरंगा भाया–मन को,
पर्वत की–बाहों के घेरे
आलोड़ित करते हैं तन को।
मन प्रान्तर में बसे दृश्य ये
ठहरो! तनिक प्यार तो कर लूँ।।

झर–झर–झरते–झरने पग–पग
विवश करें रूक जाऊँ पल–भर,
मेघों से आच्छादित राहें...........
भ्रमित करें, जैसे हूँ नभ पर।
पोर–पोर रस भीग रहा है,
मै मनुहार हृदय से कर लूँ।।

प्रेम–डगर है कठिन–कटीली
तुमसे नेह किया तब जाना,
क्या जाने फिर कब मिलना हो
दुस्तर है तुम तक फिर आना।
'रूप–राशि' की 'रश्मि' स्वामिनी
तेरी छवि नैनों में भर लूँ।।

मनुहार कर लूँ

अंक भर प्रिय प्यार कर लूँ
तुम जो आओ।।
सज–सँवर मनुहार कर लूँ
तुम जो आओ।।

रंग सब विधना ने फीके कर दिये
नयन दोनों, अश्रुओं से भर दिये,
फिर मधुर–परिहास कर लूं
तुम जो आजो.................................

श्रावणी बूँदों का नर्तन अब न भाये
चाँदनी तुम बिन सजन, तन को जलाये,
फिर सरस मधुमास कर लूँ
तुम जो आजो.................................

आ न पाओ तो, मुझे ही तुम बुला लो
'रश्मि' जीवन की, तपन सारी बुझा दो
आत्म में परमात्म का विस्तार कर लूँ
तुम जो आओ– तुम जो आओ.................

वर्तमान

जीवन की आपाधापी में, रंग सभी बदरंग हो गये,
वर्तमान का रूप देखकर सज्जन सारे दंग हो गये।
मतलब की नीतियाँ बनाते
कहने को समाज उत्थान,
नहीं आचरण की थाती जब
कैसे होगा राष्ट्र महान।
सेवा भक्ति–भाव बिना अब, उत्सव सब हुड़दंग हो गये।
वर्तमान का रूप देखकर सज्जन सारे दंग हो गये
चीख पुकार उठे अब हरसूँ
ताण्डव करते है दानव।
इच्छाओं के मकड़जाल में
फँसा रह गया ये मानव
फैशन के इस महादौर में, हाथ सभी के तंग हो गये
वर्तमान का रूप देखकर 'सज्जन सारे दंग हो गये।।
रहबर बनकर करे रहजनी
नहीं किसी से डरते हैं,
सदियों से दीमक बनकर
ये वतन खोखला करते हैं।
पहन मुखौटे घूम रहे थे, अबके सारे नंग हो गये।
वर्तमान का रूप देखकर, सज्जन सारे दंग हो गये।।
गुप्त कैमरो से डरते हैं
ऊपर लगा जो, दीखे ना
'रश्मि' काल मंडराता है
अन्ध–बधिर कुछ सीखे ना
सच ने जब दर्पण दिखलाया, मोह सभी के भंग हो गये।
वर्तमान का रूप देखकर, सज्जन सारे दंग हो गये।।

आँसू

अन्तर में आँसू ही आँसू,
बाहर अधरों पर मुस्कानें।
धातों पर मिलती प्रतिघातें,
मर्म न कोई भी पहचाने।।

थक–थक जायें पाँव मेरे अब,
बीहड़ में चलते–चलते।
अब तो आजा ओ निर्मोही,
ले चल अपने देस पुराने।।

सूख गये हैं खेत प्रेम के,
शेष दिलों में बस स्वारथ है।
जाने कहाँ विलीन हो गये,
अपनेपन से सजे जमाने।।

सजे मुखौटे गली–गली में,
सत्य दिख रहा है सहमा–सा,
'रश्मि' करूँ किस पर विश्वास,
अपने ही सब हुए बेगाने।।

अटल जी को श्रद्धांजलि

आओ आज सुनाये तुमको एक अनूठी अटल कहानी।
जिसके नायक ने अर्पण की, देश को बचपन और जवानी।।

मन्द मधुर मुस्कान अधर पर, आँखों से झरती ममता,
हृदय विशाल समुन्दर जैसा, दृष्टिकोण केवल समता।
जिसके निश्छल मन–भावों की सारी दुनियाँ है दीवानी।।
आओ आज सुनाये..................................

चैन हरण कर गया पोखरण, सभी विरोधी काँप गये,
भारत माँ की अतुल शक्ति की, थाह पड़ोसी भाँप गये।
कहीं रूकी न थमी कहीं भी ओज भरी थी जिसकी बानी।।
आओ आज सुनाये..................................

मत विपरीत कदाचित हो पर, मन में भेद नहीं रखता था।
समदृष्टि के कारण ही तो जन–जन के मन में बसता था।।
सदा उदार नीतियाँ जिसकी और इरादे थे तूफानी।।
आओ आज सुनाये..................................

स्वप्न देखता सीमाओं पर मैत्री और सौहार्द बढ़े,
मेरे देश की यशः पताका सात समन्दर पार उड़े।
कभी हार ना मानी जिसने, देश का था सच्चा सेनानी।।

पुष्प अनोखा था उपवन का, कर्म–सुगन्ध बिखेर गया,
जन–जीवन में आदर्शों का 'रश्मि' चरित्र उकेर गया।
चला अनन्त सफर पर योगी, संग ले गयी मृत्यु सयानी।।

आओ आज सुनाये तुमको एक अनूठी अटल कहानी,
जिसके नायक ने अप्रण की देश को बचपन और जवानी।

मुस्काता चल

जीवन में हिचकोले भी कुछ खाता चल।
ओ राही हर हाल में तू मुस्काता चल।।

जीवन सारा ही संगम है सुख–दुख का,
दुख ही तो अभिदर्शन बनता है सुख का
कदम–कदम पर सबको गले लगाता चल।
ओ राही हर हाल में तू मुस्काता चल।।

कभी आँख के तारे भी चुभ जाते हैं,
कभी अजाने रिश्ते भी निभ जाते हैं,
भूली बिसरी यादों से उतराता चल।
ओ राही हर हाल में तू मुस्काता–चल।।

धरा बिछौना गगन ओढ़नी तू कर ले
समदृष्टि बन खुशियां मन में तू भर ले
'रश्मि' जगत में प्रेम–सुगन्ध लुटाता चला
ओ राही हर हाल में तू मुसकाता–चल।।

याद तुम्हारी

फिर चुपके से याद तुम्हारी, नींद चुराने आयी है।
भूले बिसरे स्वप्न सुहाने आज चन्द्रिका लायी है।।
स्मृतियों के कानन से जब
वर्तमान में आती हूँ,
कोलाहल से भरी डगर में
तन्हा खुद को पाती हूँ।

सूनी राहें तकते–तकते आँख मेरी पथराई है।
फिर चुपके से याद तुम्हारी नींद चुराने आई है।।
क्षणिक मिलन की सुन्दर घड़ियां
जीवन का श्रृंगार बनी–,
हर पल याद दिलाये तेरी
चन्द्रप्रभा की छाँव धनी।

प्राण–पपीहा पिउ–पिउ बोले जब–जब बदरी छाई हैं।
फिर चुपके से याद तुम्हारी, नींद चुराने आई है।।
देखा करते राह तुम्हारी
'रश्मि'–जनम से प्यासे नैना
क्षणभर झलक दिखाओ प्रियतम
कहते मेरे विह्वल बैना।

आ जाओ प्रिय रार करो मत, नैनन सेज सजाई है।
फिर चुपके से याद तुम्हारी, नींद चुराने आई है।।

कुष्ठ निवारण

नहीं कभी अभिशाप, नहीं यह पूर्व जन्म का पाप हैं,
कुष्ठ निवारण सहज, चिकित्सा द्वारा अपने आप हैं।।

छुआ–छूत से हुआ नहीं यह, नहीं पूर्व का यह संजोग,
जुट कर करो इलाज शीघ्र मिट जायेगा सब मन का सोग,
इसकी चिन्ता में रोगी का, निश्चित व्यर्थ प्रलाप है।।

कभी अचानक दिख जाये जो, चिन्ह त्वचा से भिन्न कहीं,
तुरत चिकित्सक को दिखलाना, करना मन को खिन्न नहीं,
विहंस उठेगें अधर मिटेगा, मन में जो सन्ताप है।।

सभी शक्तियाँ है तुम में भी, मत समझो खुद को तुम दीन,
स्वाभिमान से जीना साखो करो न अपना हृदय मलीन,
लाइलाज यह रोग नहीं, फिर क्यों यह करुण विलाप हैं।।

जन–जन से है यही निवेदन, इस रोगी को दे सम्मान,
प्रोत्साहन दें जीने का, यह बचा सके अपना भी मान
जो यह करें पुनीत कर्म, वह मानव–प्रबल–प्रताप है।।

समझ न आयें

कब तक इन झंझावातों में इसी तरह जीना होगा,
समझ न आये, अभी और कितना विष पीना होगा?
पाँव बंधी अनबूझ पहेली
शोक मग्न है हृदय–हवेली
दूर–दूर तक कोई न अपना
बन–बंजारिन फिरूँ अकेली
कब तक मन के घावों को, मुस्कानों से सीना होगा?
समझ न आये, अभी और कितना विष पीना होगा?
सावन–भादों नयन समाये
मौन भुवन को रही निहार
अधर विवश कुछ बोल न पायें
मनहीं मन में रही पुकार
'रश्मि' हृदय कोमल है, कब तक संघर्षो से झीना होगा?
समझ न आये, अभी और कितना विष पीना होगा।

नई श्वासें

बोझिल है मन की इस वीणा के तार सभी
गा–गाकर जीवन का राग थकी साँसें,
चाह कर भी राह की न थाह पा सकी हूँ मैं
दे दो आशाओं को आज नई पाँखे...................

वेदना की लहरों में डूबे–उतराये,
विवश नयन, मौन अधर बोल नहीं पाये
दिवस–रैन, चैन नहीं बेकल हूँ पल–पल
किन्तु ये अबोल–बोल, बोल बही आँखे...........

सुधियों के आँचल में लिपटा यह जीवन
तार–तार आशाएँ, रोम–रोम वेदन,
थकित–श्रमित जीवन की नाव है समर्पित
पुनः नया जीवन दो 'रश्मि' नई–श्वांसें...........

साक्षरता

छटे अँधेरा बढ़े उजाला जीवन की हर राह में।
साक्षरता दे शक्ति अनोखी,हो निर्बल उत्साह में।।

साक्षरता खुशहाली लाये, दूर करे अज्ञान सभी
वही देश आगे बढ़ता, जिसके शिक्षित इन्सान सभी
मुस्कानों के फूल खिलाये, मजबूरों की आह में
साक्षरता दे शक्ति अनोखी, हो निर्बल उत्साह में।।

जीवन में ना असफलताएं कभी तुम्हें छल पायेंगी,
कदम–कदम पर शब्दावलियाँ तुमको राह दिखायेगी
शिक्षित होकर बढ़ते जाना, कुछ पाने की चाह में....
साक्षरता दे शक्ति अनोखी, हो निर्बल उत्साह में।।

रत्नों का भण्डार है विद्या, संचय कर लो जीवन में
ज्ञात–कोश बढ़ता ही जाये जितना व्यय हो जन–जन में
मिलते है अनमोल रतन, जब डूबा जाये थाह में।
साक्षरता नवीन शक्ति दे हर निर्बल की बाँह में।।

छटे अँधेरा बढ़े उजाला, जीवन की हर राह में।
साक्षरता दे शक्ति अनोखी हो निर्बल उत्साह में।।

मजदूर

बिकने को तैयार खड़े हैं
चालीस कहीं–पचास में,
एक दिवस तो कट जायेगा
केवल इस विश्वास में।।

प्रखर धूप या धना कुहासा
इनको रोक न पाते हैं,
कितनी उर्जा छलक रही है
जीवन की इस प्यास में।।

कभी बहारें आँगन में आ
मन के फूल.... खिलायेगी,
बिक–बिक जाते महाप्राण ये
मधुरितु के आभास में।।

आशाओं के मकड़ जाल में
उलझ गया.... जीवन इनका।।
कल के बहुरंगी सपनों के
मोहक 'रश्मि' प्रकाश में।

झर-झर-झरती हैं बरसातें

मन की तपती रेत को.......
थोड़ा शीतल कर जाते हैं,
जब चातक से दो नैनों में
खारे जलद उतर आते हैं।

झर–झर–झरती हैं बरसातें
सहलाती है मन की घातें,
तत्क्षण टपक नयन से आँसू
जैसे दवा लगा जाते हैं।

विकल अकेला हृदय अकिंचन
विरह–वेदना में बेसुध तन,
प्रीत–पगी पावन गंगा से
स्नेह–सिक्त हो सरसाते हैं।

गीतिका

घट–घट–घृणा क्रोध उपजा है, प्रेम–सुधा बरसाओ बाबा।
भटके–भारत को फिर आकर, नवल राह दिखलाओ बाबा।।

नैतिकता के वृक्ष गिर रहे, भौतिकता की आँधी में अब
त्याग–तपस्या की राहें फिर आकर तुम दिखलाओ बाबा।।

किया विकास चतुर्दिक फिर भी, घोर अंधेरा छाया है।
राम–नाम का दीप–देहरी, आकर पुनः जलाओ बाबा।।

गली–गली लंकेश सजे हैं, एक राम से काम न सधता।
राम बने हर युवा, युक्ति कुछ ऐसी अब समझाओ बाबा।।

निर्वसनाएँ नाच रहीं, सीता खो गई.............. अंधेरों में।
आदर्शों की थाती गुम है, 'रश्मि' पुनः दिलवाओ बाबा।।

स्वार्थ के लिये

जीवन के अग्निकुण्ड में क्यों
पल–पल आहुति देते हो,
कब पूरा होगा यज्ञ अहो!
कुछ कहो मौन क्यों रहते हो।

आँखों का पानी सूख गया
अब धर्म धरा से रूठ गया,
जगती का हाहा कार सुनो
कुछ करो, छिपे क्यों रहते हो।

है तनिक स्वार्थ के लिए बिका
ये मनुज–धर्म से विलग हुआ,
अब हरो क्लेश भू का आकर
दुख व्यथा और क्यो देते हो।

नयन बिछाये

सहरा में हूँ लगता मुझको क्यों, सब कुछ रीता–रीता है,
भूल नहीं पाता, ये मन वह क्षण जो तेरे संग बीता है...........

युग बीते वह शब्द तुम्हारे अब भी जैसे बोल रहे हैं,
जीवन के इस मरूथल में भी जैसे अमृत घोल रहे हैं
देख जरा आकर निर्मोही, जख्म कोई कैसे सीता है.........

हर इक श्वांस महकती है, अनजाने तेरी यादों से
नयन बिछाये बिरहन बैठी, साजन तेरे वादो पे
भूल न जाना ओ परदेसी, आशा पर कोई जीता है...........

आहत सुर मन की वीणा के तेरा नाम पुकार रहे
जन्मों से जलते दो दीपक, तेरी राह निहार रहे,
'रश्मि' युगों से बिरही–मन बिरहा का ये विष पीता है..........

जीवन-संगीत गया

रीते घट सा जीवन मेरा
बूँद–बूँद कर रीत गया,
फिर कैसे आये जीवन में
सुन्दर क्षण जो बीत गया।

दुष्कर है सांसो का लेना
बहुत कठिन मन की कह देना,
राह अजानी पीर पुरानी
देकर वह मन–मीत गया।

मध्यम हुए रागिनी के स्वर
साँसो पर है बोझ निरन्तर,
विरह–वेदना सहना अब तो
बन जीवन–संगीत गया।

याद किया है तेरे प्यार को

कहना दिल का संदेशा मेरे यार को
मैने याद किया है तेरे प्यार को.............

सागर की लहरों में खोकर
डूब गया दिल तेरा होकर–
आजा थाम ले मेरी पतवार को...
मैने याद किया है तेरे प्यार को...........

छलक ना जायें मधु के प्याले
आकर सजना अंग लगा ले–
कैसे पार करूं मझधार को,
मैने याद किया है तेरे प्यार को...........

लहर–लहर पर नाम तुम्हारा
लिखता जाये मन बंजारा–
कैसे बाँध लूँ बहती धार को
मैंने याद किया है तेरे प्यार को...........
कहना दिल का संदेशा मेरे यार को............

स्मृति

आज उम्र के पृष्ठों से सखी
झाँक उठा मेरा बचपन,
माँ की मीठी–सी झिड़की से
सुधर–संवर जाता था मन।

बैठ सोचती आज अचानक
जीवन कैसे कोई कथानक,
बंधा हुआ अदृश्य करों में
रूप बदलता जाता है तन।

बनती थी जब धूल आवरण
खिल जाता तन माटी में सन,
गुड़िया–गुड्डे, खेल तमाशे.......
और पढ़ाना अध्यापक बन।

वह सखियों संग हँसी ठिठोली
बतरस मे मिसरी ज्यों घोली,
चिर–परिचित लगते थे सारे
खेत, नदी, बन–बाग और घन।

गहन–गंभीर चौथपन आया
आज लगी सब झूठी माया,
स्मृतियों के कानन ही अब
शेष बचे 'रश्मि' का धन।

मेरे बादल

बोलो मेरे बादल कब घर आओगे
प्यासी धरती की कब प्यास बुझाओगे............

झुलस रहे हैं खेत और नदियाँ प्यासी
पात बिना सब पेड़ हो गये सन्यासी,
सूख गया तालों के नयनों का पानी–
उमड़–घुमड़ कर बोलो कब लहराओगे
बोलो मेरे बादल कब घर आओगे................

तन–मन व्याकुल है, प्यासी है प्यास स्वयं
सूनी देहरी की सूनी है, हर आस स्वयं,
तकते–तकते नयन हुए पाषाण सखे........
आ भी जाओ कब तक, इन्हें रूलाओगे
बोलो मेरे बादल कब घर आओगे.............

तुमसे ही जीवन के बिरवे महके हैं
शुष्क धरा पर पंछी भी, कब चहके हैं,
तुमसे ही श्रृंगार है मेरा श्यामल–धन–
'रश्मि' करो अब सयन कि कब सरसाओगे।
बोलो मेरे बादल कब घर आओगे।।

ओरी चिरैया

ओरी चिरैया ओ चिरैया.......................ओरी.........(2)
मेरे अंगना को चहकाती
मेरे मनको है बहलाती................. ओरी चिरैया..........

तिनका–तिनका चुन–चुन लाये
कितने श्रम से नीड़ बनाये,
जीवन–क्रम को साँसे देकर
पंखों में सिर रख सो जाती............. ओरी चिरैया

कितनी भोली कितनी निश्छल
चिहुँक मुदित करती है हर–पल,
एकाकीपन मिट जाता है.............
जब तू इत–उत शोर मचाती............ ओरी चिरैया

काश! मुझे भी पर मिल जाते
हम दोनों मिलकर उड़ जाते,
मैं भी तुम संग दूर गगन में
'रश्मि' पिया से मिलकर आती............ ओरी चिरैया

नैना सावन-भादों हो गये

जब से तुम परदेसी हो गये
शब्द न जाने कहाँ खो गयें

जितने ख्वाब बुने थे हमने
जागी आँखों में सब सो गये।

जब तुमसे बिछुड़े—वे लम्हें
कितना दर्द ज़िगर में बो गये।

काग भी अब मुंडेर न आये
पंछी भी बेगाने हो गये।

'रश्मि' हृदय ज्यों आवां दहके,
नैना सावन—भादों हो गये।

जीवन बदल गया

एक दृष्टि जो डाली तुमने, जीवन बदल गया
सुधर सलोनी–सी मूरत पर, ये मन मचल गया।
पल–पल नवल कमल–सी खिलती
तरल–तरंग हृदय में पलतीं,
दिन–दिन हृदय–लता मुकुलित है
नित नूतन अभिलाषा गढ़ती,

आभासित होता ज्यों कोई, माली टहल गया,
सुधर सलोनी सी–मूरत पर ये मन मचल गया।
घट–घट सरस–सुधा सी छलकें
मदिर–मदिर अनमूंदी पलकें,
स्वर–लहरी व्याकुल अधरों पर
बेसुध पायल छम–छम छनके

'रश्मि' आगमन सुन प्रियतम का, ये मन बहल गया।
सुधर सलोनी सी मूरत पर, ये मन मचल गया।

मन-बावरा

जब से तुम आये सुबह बनकर मेरी।
तितलियों से पंख मुझको मिल गये।।

ये पवन घुंघरू सी बजती पाँव में,
बस गयी जैसे खुशी हर ठाँव में
यूं लगा मन का पपीहा जी उठा.......
रागिनी के स्वर अधर पर खिल गये।
जब से तुम आये सुबह बनकर मेरी।
तितलियों से पंख मुझको मिल गये।।

आ गये हो अब न जाना छोड़कर
रूठना न जिन्दगी के मोड़ पर,
तेरे आने से फिज़ा महकी सी है...........
आँसुओं के घर हँसी से हिल गये
जब से तुम आये सुबह बनकर मेरी।
तितलियों से पंख मुझको मिल गये।।

थी सियह जो रात अब वो कट गयी
शोक की बदरी भी है अब छँट गयी,
'रश्मि' भीगा प्रेम-रस-मन-बावरा.........
अब विरह के बन्ध सारे खुल गये।
जब से तुम आये सुबह बनकर मेरी।
तितलियों से पंख मुझको मिल गये।।

प्रेम की सरिता

फिर बहारों ने मेरा आँचल छुआ
यूँ लगा बरसात फूलों की हुई।
तार मन–वीणाके झंकृत हो गये..........
जैसे उर में प्रेम की सरिता बही।।

जो धरा से व्योम तक छाया हुआ,
आज वह साजन है घर आया हुआ।
हर दिशा में गूँजती स्वर लहरियाँ.........
आ रहीं अधरों पे मन की अनकही।।

है विनय बिरहन सुनाती साँवरे,
अब न जाना दूर देकर घाव रे।
आज आये हो युगों के बाद 'रश्मि'.......
अब तुम्हें जाने न दूंगी मैं कहीं।।

तू है मेरा

ओ कान्हा! यह प्रीत हमारी
जाने ना जग, ध्यान रहें,
मैं हूँ तेरी, तू है मेरा
बस इतना अभिमान रहे।।

दृग से दृग की भाषा पढ़ लें
भावों की परिभाषा गढ़ लें,
अधरों के हिलने, से पहले
मन के भाव, ह्रदय तक चढ़ लें
लज्जित न हो प्रेम हमारा
इक दूजे पर मान रहें।
मैं तेरी हूँ तू मेरा है
बस इतना अभिमान रहे।।

मीरा जैसी लगन लगा दें
प्रेम–भक्ति में मगन बना दें
तुम बिन कान्हा रह ना पाऊँ
ऐसी मन में अगन लगा दें,
तेरी मेरी प्रेम–कथा का
सदियों–सदियों गान रहे।
मै तेरी हूं तू मेरा है
बस इतना अभिमान रहे।।

प्रिय का नेह

रिसते रिश्तों का..........मकड़जाल।
अनन्त इच्छाओं की महा...ज्वाल।।

संवेदन–शून्य, हृदयहीन चेहरे,
हर ओर सजे मुखौटे, बिखरे मोहरे,
बेजान माटी को सींचते भावों के ताल।
अनन्त इच्छाओं की.......... महा ज्वाल।।

स्वार्थ की पर्तों में लिपटा, हर रिश्ता,
जान–सत्य जीवन का आज हृदय दुखता,
साँझ ढली तब समझ में आया यही मलाल।
रिसते रिश्तों का.......................... मकड़जाल।।

सत्य है तो केवल, प्रिय का–नेह,
जो बरसाता है निःस्वार्थ करूणा मेह,
थक चुकी अब अंक भर लो–महाकाल।
अनन्त इच्छाओं की............ महा ज्वाल।।

तेरी माँ

मत होना भयभीत री लाडो,
तुझे बचायेगी.......... तेरी माँ।
काली अंधियारी रातों में,
दीप जलायेगी...... तेरी माँ।।

दो वंशों की शान हो तुम,
बिटिया मेरा मान हो तुम।
कांटों भरी राह में तुझको,
फूल बनायेगी........ तेरी माँ।।

हर विपदा सह लूँगी मैं,
बिन भोजन रह लूँगी मैं।
तुझको योग्य........ बनाने हित,
हर बोझ उठायेगी तेरी माँ।।

नारी हूँ, दुर्गा–काली मैं,
बनकर तेरी रखवाली मैं।
गिद्धों के पंजे से गुड़िया,
तुझे छुड़ायेगी....... तेरी माँ।।

तुझे लगाकर मैं सीने से,
ढंग सिखाऊँगी जीने के।
तेरा परचम....... लहरायेगा,
वारी जायेगी....... तेरी माँ।।

तुम्हारी याद

सब दर्द हवा हो जाते हैं,
जब याद तुम्हारी आती है।
मरहम बनकर छा जाते हो,
मुस्कान तुम्हारी भाती है।

अन्तस की पीड़ा परख–निरख
संकट में तुम आ जाते हो,
उर में उमंग भर देते हो,
जब आँख मेरी भर आती है।

आभास मुझे यह होता है
तेरी परछाई संग मेरे,
मेरे उर अन्तस घावों को
कोमल कर से सहलाती है।

मन की टीस

क्यों सावन मन–भावन मेरा
ज्येष्ठ–आषाढ़ बना डाला?
विधना! रंग भरी चूनर पे..........
डाल दिया क्यों कर पाला।।

नैनों में सावन–औ' भादो
हृदय जले अंगार सखी,
किसको व्यथा सुनाऊँ अपनी
सूना सब संसार सखी।
अब तो लगता है यह जीवन,
विष से भरी हुई हाला।।

बिन प्रियतम कैसा ये जीना
श्वांस बिना ज्यों देह सखी,
इत उत डोल रही बन बावरि
अँखियन बरसे मेह–सखी।
हूक उठे मन, मे रह रहकर
टूट गयी.......... मंगल माला।।

मौन

मौन में आनंद की, अनुभूति अब होने लगी है।
लग रहा है खुद से खुद को, प्रीति अब होने लगी है।।

आँखड़ियों में एक युग से, करवटें जो ले रहे थे।
उन मधुर सपनों की ज्यों, परिणीति अब होने लगी है।।

अब तलक तो हम तुम्हारे, प्रेम में व्याकुल रहे प्रिय।
जो हमारी थी............. तुम्हारी, रीति अब होने लगी है।।

बन्द दरवाजे दिलों के.......... मुझको तड़पाने लगे हैं।
दर्द देना इस जहां की........नीति अब होने लगी है।।

पहेली

सुलग रही है देह धरा की
बन बादल आ जाओ तुम
उलझन भरी पहेली जीवन
आकर अब सुलझाओ तुम।

ताना–बाना कैसे प्रियतम
बुनते हो इस सृष्टि का,
कैसे चलता जीवन का रथ
चकित है मन, समझाओ तुम।

सूरज, चाँद, सितारे सारे
मीठी नदियां, सागर खारे,
पर्वत–पर्वत फैली आभा
रचते कैसे बतलाओ तुम।

ऐसे कई प्रश्न अनसुलझे
मन उद्वेलित करते हैं,
मर्म बता दो इस जीवन का
और न अब उलझाओं तुम

चिड़िया

कितना भला लगे यह शोर
चहके चिड़िया चारो ओर।

सूने पन को भर देती है
मुझे दुकेला कर देती है,
फुदक–फुदककर आंगन में
सारी पीड़ा हर लेती है।
कानों में रस घोला करती
चूं–चूं–चीं–चीं करती भोर।।

कितने श्रम से नीड़ बनाती
कुछ न कह कर सब कह जाती
सीमित संसाधन में खुश रह
श्रम का सुंदर पाठ पढ़ाती।
नेह प्यार से संतानों को
उड़ना सिखलाती चहुँ ओर।।

जीवन संवारिये

मानस की पंक्तियों को मन में उतारिये,
बिगड़ी हुई ये अपनी करनी सुधारिये।

हर ओर काम–क्रोध के निशिचर पनप रहे,
फिर त्याग और तपस्या से इनको मारिये।

घर–घर अनीति पसरी, आदर्श घट गए,
दल–दल में धंस रही है धरा को उबारिये

जन–जन को जाति–धर्म की कुंठा निगल रही,
कैसे उबर सकेगें, हम इसको बिचारिये।

'रश्मि' भटक के राह से, न लक्ष्य भूलिये,
मानस के मोतियों से जीवन संवारिये।

चिन्तन

भूखा रहा स्वदेश अगर तो,
देश का नारा क्या होगा?
सुख–शान्ति कहाँ से आयेगी,
पैगाम हमारा क्या होगा?

'सूखे' भाषण और ये 'यात्रा'
कम करते न दुःख की मात्रा,
बोझ तले दब चुकी है धरती,
हाहाकार करे यह जगती–
आराम हमारा क्या होगा?
सुख शान्ति कहाँ से आयेगी
पैगाम हमारा क्या होगा?

भूल गये नेहरू की शिक्षा,
गाँधी के बिसरे सन्देश,
कुर्सी दौड़ हो रही भारी,
कुचल गया मानवता वेश,
महंगाई के इस आलम में,
त्यौहार हमारा क्या होगा?..... सुख.....................

गोदाम भरे जनता भूखी,
पिता चिड़चिड़े माँ रूखी,
नन्हा बचपन श्रम में खोया,
श्रम विरत युवा रोया–रोया,
क्षुधा–शान्त ना हुई 'रश्मि'
तो रंग बेचारा क्या होगा?
सुख शान्ति...................... ।

प्रबल इच्छा

प्रेम–मद में डूब जाऊँ, सुधि रहे न,
चाहती हूँ।
जानती हूँ पथ कठिन है, फिर भी बढ़ना
चाहती हूँ।
साधना, तप कठिन, साधन–प्रेम है,
प्रिय–विरह में नित्य जलना नेम है,
है अजाना प्रिय तो क्या फिर भी मिलना,
चाहती हूँ।
व्यर्थ है यह जगत सारा मै लगाऊँ प्रीत क्या
हर तरफ लपटे उठे, अब सुनाऊँ गीत क्या
सजन बरसाओं जलद स्नेह के भीगना मैं,
चाहती हूँ।
खा चुकी है बहुत तन को विरह–नागन
उड़ चलूं अब दूर नभ में संग साजन
इन्द्र धनुषी पालने में झूलना मैं
चाहती हूँ।

अखियाँ भर आई

विहँसे तन कुसुम कुंज
झूम रहे भ्रमर वृन्द
कलियाँ मुस्काई।
सुन सुन के ऋतु राग
धधके हिये आग
अंखियाँ भर आई।।
चंचल, चित्त–चोर–मोर
चारू विहग बोले।
पिउ–पिउ की गूँज सखी
श्रवनन रस घोले,
लपक लचक आँचल को
तीव्र करे धड़कन को.......
नटखट पुरवाई ।।
उमड़ी घन घोर – घटा
छम–छम–छम बरसे,
शीतल बयार करे........
छार, जिया तरसे,
लिपटे अनंग अंग
झूम रहे रास – रंग
झूमे अमराई।

अज्ञात

रूप नहीं देखा फिर भी,
हर पल छवि का आभास मिला।
जीवन के हर दोराहे पर,
मन को तेरा अहसास मिला।।

नैनों में दर्शन अभिलाषा
हर युग में मिलने की आशा।
जीवन के सूने पतझड़ में
स्मृतियों का मधुमास मिला।।

जब से प्रिय मिलने की ठानी
इस जग की बात नहीं मानी।
तब से सब झूठे विषयों को
मन प्रांगण से वनवास मिला।।

आँखों में मस्ती छायी है
जब जब तेरी सुधि आयी है।
मन–पंछी को उज्जवल निर्मल
'रश्मि' धवल आकाश मिला।।

प्रश्न

नीलगगन के दीप बताओ
स्थिर रहते हो तुम कैसे ?
मानव बदला, धरती बदली
बदली नभ की काली बदली,
तुम्हीं अवनि–अम्बर के बीच
सदियों से यों अटके कैसे ?
नीलगगन के दीप बताओ
स्थिर रहते हो तुम कैसे ?
बदले सब समाज और राज्य
हुआ विलीन राम– साम्राज्य,
कुर्सी के इस लोभी जग में
स्वार्थ छोड़ तुम लटके कैसे ?
नीलगगन के दीप बताओ
स्थिर रहते हो तुम कैसे ?
मूल्य आज मानव के बिखरे
नाते सम्पत्ति के हित बिसरे,
तुम्हें सताता किसका मोह
नभ– थल में यों अटके कैसे ?
नीलगगन के दीप बताओ
स्थिर रहते हो तुम कैसे ?
कारण या विधि आज बताओ
कुछ ना मन की बात छुपाओ
हृदय बहुत उत्सुक है आज
सुनूं, अचल तुम रहते कैसे ?
नीलगगन के दीप बताओ
स्थिर रहते हो तुम कैसे ?

कौतूहल

बादलों के पार क्या है, सृष्टि का आधार क्या है,
कुछ बताओ मौन प्रियतम, यह क्षणिक संसार क्या है?

किस तरह बोलो तुम्हारी, कल्पना में मैं समाऊँ,
कौन सा है वह जतन, जिससे तुम्हारा प्यार पाऊ?
आने जाने के लिए यह, मृत्यु का व्यापार क्या है?

मन भटकता है इसे, हर क्षण तुम्हारी खोज रहती
किस तरह जग पार जाऊँ, सिन्धु में भी मौज रहती,
है कहाँ इसका किनारा, और यह मजधार क्या है?

तुम न दिखते हो न मिलते, पर सुधर पहचान भी है
चल पड़ी हूँ किन्तु पथ यह, विकट और अनजान भी है,
एक क्षण को आ सको तो, आ–बताओ प्यार क्या है ?

बँध गया यह जीव कैसे, नेह माया मोहिनी में
खिंच गया कैसे हृदय यह, मधुर मंथर रागिनी में,
किस तरह छलती है तृष्णा, 'रश्मि' यह व्यापार क्या है ?

गीत गाओ

दिल के रिश्ते बिखरने लगे हैं,
फिर मिलन का कोई गीत गाओ।
वक्त करवट बदलने लगा है......
प्रीत का गीत फिर गुनगुनाओ।

देश–सीमा सुरक्षित नहीं जागिए
बन के कायर न अब कर्म से भागिये,
ये विनाश अब अखरने लगा है–
फिर सृजन का कोई गीत गाओ।।

हर तरफ है तबाही सिसकती जमीं
सोच कल की हर एक आँख में है थमीं,
जो चराचर में नव प्राण फूंके.......
उस पवन का कोई गीत गाओ।।

अब विनय का नहीं अर्थ– कोई यहाँ
खो गये मूल्य जीवन के बोलो कहाँ,
रज कणों को जो हीरा बना दे.............
उस नमन का कोई गीत गाओ।।

कुछ लकीरें उभरती है हर माथ पर
चन्द काबिज़ है क्यों 'रश्मि' मधुमास पर
सम्पदा जो सभी पर लुटाये..........
उस चमन का कोई गीत गाओ।।

तुम दीपक मैं बाती

प्रिय, दीपक तुम मैं बाती
रूप तुम्हारा रहा यथावत,
मै जलती और बुझ जाती
प्रिय, दीपक तुम मैं बाती।।

जाने कितने जनम लगेगें
प्रियतम तुम्हें रिझाने में ही,
स्पर्श प्रेम का पाने को
हर युग में रूप बदल आती
प्रिय दीपक तुम मैं बाती।

कुछ अपनी पहचान बता दो
युगों–युगों की प्यास बुझा दो
निष्कर्ष प्रेम का पाने को.........
ये अखियाँ नित जल बरसाती
प्रिय दीपक तुम और मैं बाती।।

बिरहा की घड़ी सुखान्त करो
अब आ जाओ हे मनमोहन,
तेरे आने की आशा में...........
राहो में कलियां बिखराती।

वेदना की लहरों में

मन की वीणा का हर तार हुआ बोझिल
गा–गा कर जीवन का राग थकी साँसे।
चाह कर भी राह की ना थाह पा सकूँ,
दे दो आशाओं को आज नई पाँखे।।

वेदना की लहरों में डूबे उतरायें
विवश नैन मौन, सयन बोल नहीं पायें।
दिवस रैन चैन नहीं बैन हुए बेकल
किन्तु ये अबोल–बोल, बोल बही आँखे।।

सुधियों के आँचल में लिपटा हर पलछिन
हो रहा व्यतीत नई आशा में हर–दिन।
थकित श्रमित सांसों के तार तुम्हें अर्पित हैं
पुनः नया जीवन दो 'रश्मि' नई साँसें।।

गीत की परिभाषा

जब पिघलती है हृदय की हर शिरा,
तब गीत बनता है।।

जब व्यथित और विवश होती है गिरा,
तब गीत बनता है।।

मौन को मिलते नहीं जब शब्द,
देखती जीवन विधा–स्तब्ध।
जब कटीली बाड़ से उलझा वसन,
ठहर–पगली त्वरित ही बोला ये मन।
जब सुखद पल कठिन–तम से हो घिरा,
तब गीत बनता है।।

राह पथरीली डगर अनजान जब,
आके सम्मुख हों खड़े तूफान जब।
हो समय की लहर का घेरा–प्रबल,
अश्रु नयनों से निकलने को विकल।
'रश्मि' मन हो वेदनाओं से चिरा,
तब गीत बनता है।।

अनजाने की छुवन

अनजाने की छुवन तुम्हारी पोर–पोर रस बोर गयी
नेह नहायी आशाओं ने
जाने कितने स्वप्न बुनें,
इस क्षण की मादकता तजकर
युग की बातें कौन सुनें,
तन तरुवर को जैसे कोई झंझा फिर झकझोर गयी
बने रहे ये अधर मूक से
नयन–नयन बोलते रहे
जीवन के आह्लाद सिमटकर
श्वासों में डोलते रहे,
मन–मानस को जैसे कोई बाँध नेह की डोर गयी
जन्म–जन्म की दूरी मिटकर
एक बिन्दु पर ठहर गयी,
पाप–पुण्य की हर परिभाषा
टूट–टूट कर बिखर गयी,
लगता जैसे मिलन–विरह का, सारा अंग निचोर गयी
आकुल निर्झरणी गिर–गिर कर
निर्मल रस की धार बनी,
सरिता पूर्ण समर्पित होकर
जैसे पारावार बनी,
लहर–लहर की 'रश्मि' सिमट कर फिर अनन्त की ओर गयी।।

अब तो अपना लो

चली भोर से – चलते चलते
गोधूली तक – आ पहुँची,
किन्तु हाय रे! भाग्य अभी तक
प्रियतम के घर ना पहुँची।

धुँधली हुई डगर जीवन की,
पल–पल गहराती–रैना,
दुर्गम राहें अगम–अगोचर
सुनते ना मेरे बैना,
अब तो छवि दिखला ओ साजन
श्वास कंठ तक आ पहुँची।।

निर्जन–घोर, अमीं अंधियारी
भटक रही हूँ तुम बिन मैं,
नैनों के दोने भर–भर कर
सींच रही मन–उपवन–मैं,
अब तो अपना लो 'रश्मि' को
ऋतु पतझड़ की जा पहुँची।।

मन की खोज

जीवन के इस महा उदधि में, डूब–डूब उतराया मन।
जाने कहाँ छिप गये हो तुम, तुमको खोज ना पाया मन।।

तृष्णा की उत्ताल तरंगे, पग–पग बाँध रही प्रियतम।
योग–भोग की दुविधाओं में बरबस ही भरमाया मन।।

कभी जुगुप्सा मिलन–बिन्दु की उद्वेलित कर जाती है।
कभी अकिंचन भाव–भूमि में, मुकुलित हो हर्षाया मन।।

जीवन के इस महासमर में, सम्बल का आयुध दे दो।
जर्जर–नाव, भयावह जलनिधि देख–देख घबराया मन।।

जप, तप, संयम, ध्यान न जानूं 'रश्मि' ना उत्तम करनी है।
कैसे आऊँ गेह तुम्हारे, सोच–सोच सकुचाया मन।।

देखो सावन आयो रे

मेघ गगन में छायो रे।
देखो सावन आयो रे।

मदिर–मदिर है पुरवाई,
सकल धरा है हरषाई,
सारा जग हरषायो रे,
देखो सावन आयो रे।।

दादुर–मोर–पपीहा बोले,
कानों में अमृत रस घोले,
पात–पात मुसकायो रे,
देखो सावन आयो रे।।

नर्तन करतीं बूंदें छम–छम,
महक उठा माती का कण कण,
तृप्त धरा........... सरसायो रे,
देखो सावन आयो रे।।

थिरक थिरक ढ़ोलक पर सखियाँ,
मुदित करें मनभावन बतियाँ,
टन श्रृंगार......... सजायो रे,
देखो सावन आयो रे।।

नाच नाच कांवरिये बोले,
बम भोले, बम बम बम भोले,
चहुँ दिशि शोर मचायो रे,
देखो सावन आयो रे।।

सो लेने दो

आ गई निद्रा मुझे....... सो लेने दो।
स्वप्न में उनके मुझे, खो लेने दो।।

जब से बिछुड़े स्वप्न में, मिलते हैं वो।
विरह में उनकी मुझे...... रो लेने दो।।

रात भर का साथ है......... फिर दूरियाँ।
स्वप्न में उनकी मुझे........ हो लेने दो।।

चाहता मन उम्र भर........... सोती रहूँ।
प्रीति–प्रिय की श्वास में, बो लेने दो।।

अंक भर प्रिये को निहारूँ, रात भर।
मिल रहे पल स्वप्न में, वो लेने दो।।

न जग की वर्जना, न कोई बन्धन।
सेज नयनों की मिली, सो लेने दो।।

तेरा गाँव

बहुत याद आता है मुझे तेरा गाँव।
थिरक–थिरक उठते थे जहाँ मेरे पाँव।।

धुंधले कुहासे में नभ की ललाई,
घुंघट में गोरी हो जैसे शरमाई।
वो बांसों के झुरमुट वो महुवा की छाँव,
बहुत याद आता है मुझे तेरा गाँव।।

मिसरी में डूब हुए लगे सबके बोल,
गाँव की पिरीतिया का नहीं कोई मोल।
कुहू–कुहू कोयल की, कागा की काँव,
बहुत याद आता है मुझे तेरा गाँव।।

वो पुरवा के झोंके बिहँसती हरीतिमा,
भर आई आँचल में सन्ध्या की लालिमा,
मन में सुवासित है 'रश्मि' हर ठाँव,
बहुत याद आता है मुझे तेरा गाँव।।

अतीत

यादों के जंगल में भटक रही काया,
दिखती ना धूप कहीं, छाया ही छाया..........

बीत गया बचपन पंक्षी सरीखा,
यौवन अकिंचन हिरनी सा दीखा,
मस्ती गजराज–सी, सिंहों सा सीना,
पग–पग पर विधना ने जाल है बिछाया..........
यादों के जंगल में............................

अवसादी कोहरे ने घेर लिया मनको,
पीड़ायें नागिन सी डस रही तन को,
ग्रस लिया विषयों ने जीवन ये सारा,
खोया ही खोया ना हाथ कुछ आया......
यादों के जंगल में...............................

बनकर बंजारन मैं बन–बन डोली,
घाते–प्रतिघातें सह, कुछ नहीं बोली,
अखियों में सावन और भादों समायें,
बीत गये युग तेरा पता नहीं पाया............
यादों के जंगल में.....................................

www.ingramcontent.com/pod-product-compliance
Lightning Source LLC
LaVergne TN
LVHW100558051026
849519LV00003B/1006
* 9 7 8 9 3 8 8 3 6 5 5 2 9 *